Kate DiCamillo

Mercy Watson

contra el delito

Ilustraciones de Chris Van Dusen

Traducido por Marcela Brovelli

LECTORUM
PUBLICATIONS, INC.
LYNDHURST, NEW JERSEY

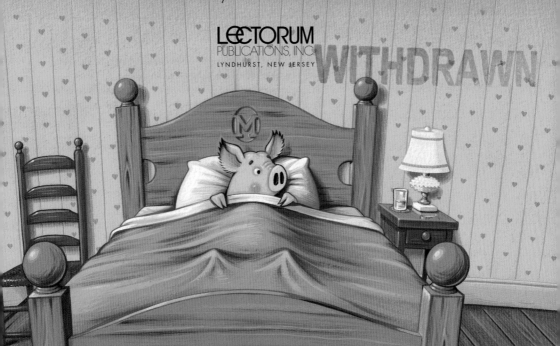

MERCY WATSON CONTRA EL DELITO

Spanish edition copyright © 2019 by Lectorum Publications, Inc.

First published in English under the title MERCY WATSON FIGHTS CRIME

Text copyright © 2006 by Kate DiCamillo

Illustrations copyright © 2006 by Chris Van Dusen

Originally published by Candlewick Press

Published by arrangement with Pippin Properties, Inc.
through Rights People, London.

Illustrations published by arrangement with
Walker Books Limited, London SE11 5HJ.

Library of Congress Cataloging-in-Publication Data

Names: DiCamillo, Kate, author. | Van Dusen, Chris, illustrator. | Brovelli,
Marcela, translator. Title: Mercy Watson contra el delito / Kate DiCamillo
; ilustraciones de Chris Van Dusen ; traducido por Marcela Brovelli. Other
titles: Mercy Watson fights crime. Spanish Description: Spanish edition. |
Lyndhurst, NJ : Lectorum Publications, Inc., [2019] | Series: Mercy Watson ;
[book 3] | Originally published in English: Cambridge, MA : Candlewick Press,
2006 under the title, Mercy Watson fights crime. | Summary: Mercy the pig's
love of buttered toast leads to the capture of a small thief who would rather be a
cowboy. Identifiers: LCCN 2019029616 | ISBN 9781632457349 (paperback)
Subjects: CYAC: Pigs--Fiction. | Burglary--Fiction. | Humorous stories. |
Spanish language materials. Classification: LCC PZ73 .D535 2019 | DDC
[Fic]--dc23 LC record available at https://lccn.loc.gov/2019029616

For information regarding permission, write to Lectorum Publications, Inc.,

205 Chubb Avenue, Lyndhurst, NJ 07071

ISBN 978-1-63245-7349

Printed in Malaysia

10 9 8 7 6 5 4 3 2 1

Para Tracey Priebe Bailey,
que aún sigue riendo.

K. D.

Para Lauren y Sarah,
dos pequeñas niñas dulces y divertidas.

C. V.

Capítulo
1

El Sr. y la Sra. Watson tienen una cerda llamada Mercy.

Todas las noches, para que ella se duerma, los Watson le cantan una canción.

—Buenas noches, cariño —dice el Sr. Watson.

—Buenas noches, querida —dice la Sra.Watson.

—Oink —dice Mercy.

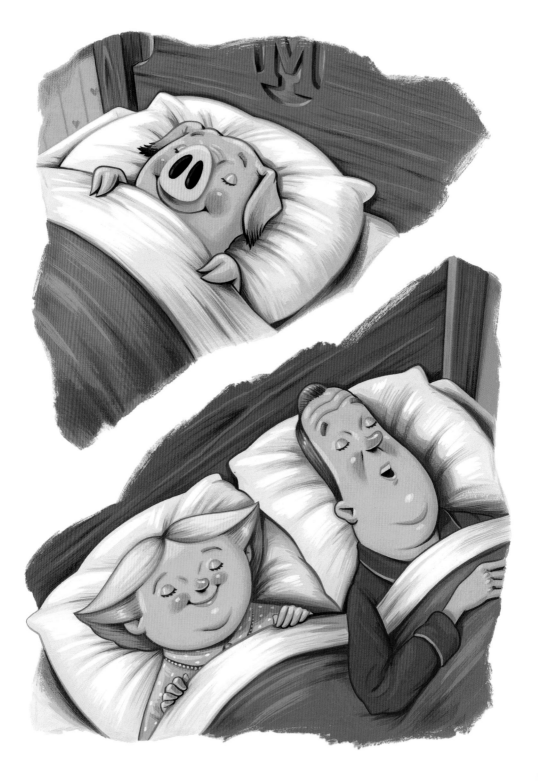

Casi todas las noches, el Sr. Watson, la Sra. Watson y Mercy duermen plácidamente en sus camas.

Pero una noche, no fue así.

Capítulo
2

Leroy Ninker era un hombre pequeño.

Un hombre pequeño pero con un gran sueño.

Leroy Ninker quería ser vaquero.

Mientras tanto era un ladrón.

Un ladrón en la cocina de la casa número 54 de la avenida Deckawoo.

Leroy Ninker fue a robar en la casa de los Watson.

—¡Yii-jooo!—cantó Leroy—. Me lo
llevo todo.

Agarró la tostadora por el cable.

Y la arrastró hacia él.

Scriiiiiichh, chirrió la máquina.

—Shhhh —dijo Leroy.

Y guardó la tostadora en su bolsa.

Clannngggg, sonó la tostadora.

—Shhhh —volvió a decir Leroy.

Capítulo
3

¡SCRIIIIICHH!

Mercy se despertó.

Scriiiiiichh, ¡era el ruido que hacía la tostadora cuando la arrastraban por la encimera!

A Mercy Watson le encantaban las tostadas.

Sobre todo, le gustaban con mucha mantequilla.

Mercy se bajó de la cama.

Paró las orejas.

Prestó atención a
los ruidos...

Mercy oyó los ronquidos del Sr. Watson.

Y también, los de la Sra. Watson.

¿Quién estaba abajo haciendo tostadas?

Mercy caminó hasta la escalera.

Miró hacia abajo, pero estaba muy oscuro.

"*Clannngggg*", se oyó, de pronto.

"*Clannngggg*", ¡era el ruido que hacía la
tostadora cuando la Sra. Watson la ponía

hacia abajo para quitarle todas las migas de pan!

Alguien estaba haciendo tostadas.

Mercy bajó por las escaleras a oscuras.

Y caminó hacia la cocina.

Capítulo
4

Leroy Ninker agarró la batidora.

Agarró el reloj.

Agarró el frasco de galletas.

—¡Yii-jooo!—cantaba sin parar—. Me lo llevo todo.

Agarró el exprimidor.

Agarró la tetera.

Agarró la waflera.

De repente, Leroy Ninker oyó un ruido.

Y se dio vuelta.

—¡Yii-jooo!—cantó—. ¿Qué es esto que veo yo?

Capítulo
5

Mercy miró a su alrededor.

No vio la tostadora.

No vio el pan.

No vio la mantequilla.

Sólo vio a un hombre pequeño con un sombrero enorme.

Él no estaba haciendo tostadas.

Mercy se sintió muy desilusionada.

Además, estaba muy cansada.

Bostezó.

—Buena cerda —dijo el hombre, asintiendo con la cabeza.

Mercy se echó sobre el piso.

Bostezó otra vez.

—Buena cerda —repitió el hombrecillo.

Mercy cerró los ojos.

—¡Yii-jooo!—cantó el hombre pequeño en voz baja —. Veo que se durmió.

Capítulo
6

—Qué cerda tan grande —susurró Leroy.

Metió la mano en el bolsillo de su camisa.

Sacó un caramelo de mantequilla. Lo abrió y se lo llevó a la boca.

"Mmm", pensó Leroy, "sería buena idea que este vaquero siguiera su camino".

Agarró su bolsa.

Pero no pudo dar un paso.

—¡Oh, cielos! —dijo Leroy.

La cerda bloqueaba el camino.

—No puedo pasar alrededor de ella
—dijo él—. Tampoco puedo pasar por
debajo de ella. Creo que debo pasar
por arriba.

Leroy dio un paso adelante.

Pasó una pierna por encima de la
cerda dormida.

La cerda se movió.

Leroy Ninker se quedó congelado.

Capítulo
7

Mercy se despertó.

—¿Oink? —dijo.

—Tranquila —dijo una voz.

Mercy miró hacia arriba.

¡El hombrecillo estaba encima de ella!

Mercy se paró.

—Tranquila, jovencita —dijo Leroy.

Mercy se sacudió.

El hombrecillo resbaló hacia adelante.

—Espera… —dijo él.

Mercy había olfateado algo.

¿Qué era?

¡Mantequilla!

Mercy miró por toda la cocina.

No había pan.

No había tostadora.

Pero había olor a mantequilla.

¡Tal vez en la casa de al lado estaban haciendo galletas de azúcar!

—¡Oink! —dijo Mercy.

Salió galopando por la puerta ya abierta.

Galopó a la casa de las hermanas Lincoln.

—¡Yii-jooo!—gritó Leroy Ninker —. ¡Lejos vamos los dos!

Capítulo
8

En el número 54 de la avenida Deckawoo, la Sra. Watson se despertó.

—¿Sr. Watson? —dijo ella.

—Uff —dijo el Sr. Watson.

—¿Oíste ese ruido? —dijo la Sra. Watson.

—¿Qué clase de ruido, querida?

—Como un "Yii-jooo" o algo así —contestó la Sra. Watson.

—No oí ningún "Yii-jooo" o algo
así —dijo el Sr. Watson—. Estabas
soñando, querida.

—¿Te parece? —dijo la Sra. Watson.

—Así es —dijo el Sr. Watson—. Vuelve
a dormirte.

La Sra. Watson se levantó de la cama.

—Iré a ver cómo está Mercy —dijo—.

Luego, volveré a la cama.

—Excelente —murmuró el Sr.

Watson—. Muy buen plan, cariño.

El Sr. Watson empezó a roncar.

Capítulo
9

En la casa de las hermanas Lincoln, Beba Lincoln se despertó.

Fue al cuarto de su hermana Eugenia.

—Hermana, despierta —dijo Beba—. Hay alguien afuera gritando "Yii-jooo".

—¿Comiste pastel otra vez antes de acostarte? —preguntó Eugenia.

—No —dijo Beba.

—Creo que sí —dijo Eugenia.

—Dije que no —dijo Beba.

—Vuelve a tu cuarto de inmediato —dijo Eugenia.

—Sí, hermana —contestó Beba.

Se fue a su cuarto.

Se metió en la cama.

De nuevo oyó otro "Yii-jooo".

—Oh, ojalá no me hubiera comido ese pastel —dijo Beba.

Capítulo

10

—¡Beba! —gritó Eugenia—. Ven aquí de inmediato.

Beba salió de la cama y se dirigió al cuarto de Eugenia.

—¿Sí, hermana? —respondió ella.

—¿Oíste ese ruido? —dijo Eugenia.

—¿Oíste un "Yii-jooo", hermana?

—Sí —dijo Eugenia.

—Estás soñando —dijo Beba.

—Tonterías —dijo Eugenia—. Corre la cortina.

Beba corrió la cortina.

Las hermanas Lincoln vieron a Mercy galopando por el jardín.

Se quedaron mirando al hombrecillo montado sobre Mercy, que agitaba el sombrero sin parar.

—¡Yii-jooo! —gritaba el hombrecillo.

—Esa cerda está alborotando —dijo Eugenia—. Y ese vaquero que está sobre ella, también. Llamaré a la policía.

—Pero, hermana —dijo Beba —. ¿Estás segura de que esto no es un sueño?

—Es una pesadilla —contestó Eugenia—. Eso es lo que es.

Capítulo
11

Mientras tanto, la Sra. Watson descubrió que Mercy no estaba en la cama.

—Sr. Watson, ven enseguida —gritó ella. El Sr. Watson vino enseguida.

—Mercy se ha ido —dijo la Sra. Watson.

—¿Estás segura? —preguntó el Sr.
Watson—. ¿Has mirado debajo de la
cama?

La Sra. Watson se agachó.

—Acá no está —dijo.

El Sr. y la Sra. Watson se quedaron
en el cuarto de Mercy.

—¿Qué podemos hacer? —preguntó
la Sra. Watson.

—¡Yii-jooo!

—Otra vez ese sonido —dijo ella.

El Sr. Watson se acercó a la ventana.

Corrió la cortina.

Miró hacia afuera.

—Sra. Watson —dijo el Sr. Watson—. Hay que llamar al departamento de bomberos inmediatamente. ¡Esto es una emergencia!

Capítulo
12

Leroy Ninker, en realidad, era tan solo un pequeño ladrón montado sobre una cerda enorme.

Pero él se creía un vaquero del lejano oeste, que cabalgaba sobre un caballo salvaje.

—Ser vaquero es un trabajo duro —dijo Leroy Ninker—. Necesito energías.

Buscó en el bolsillo de su camisa.

Sacó un caramelo de mantequilla.

Le quitó el papel y se lo metió en la boca.

—Ay —dijo Leroy—. Esto sí que es vida.

Pero, de golpe, la cerda clavó las patas de adelante y alzó las patas traseras.

Leroy Ninker perdió el equilibrio.

—Yiiii —dijo Leroy.

Salió volando por el aire.

—Yo… —dijo Leroy.

Luego, aterrizó de espaldas contra el suelo.

—¡Auch! —dijo Leroy Ninker.

Capítulo
13

Mercy olfateó el aire.

Sintió ese delicioso aroma otra vez.

¡Mantequilla!

Pero, ¿de dónde venía?

Miró a su alrededor.

Vio al hombrecillo tirado en el suelo.

Mercy le olfateó la cara.

—¡Ji, ji! Eso me hace cosquillas—dijo el hombrecillo.

Mercy le olfateó la camisa.

—¡Ji, ji! —rió de nuevo

Para olfatearlo mejor, Mercy se le subió encima.

—¡Ji, ji! ¡Por favor, bájate! —dijo él.

Mercy puso el hocico sobre el bolsillo de la camisa del hombrecillo.

Olfateó más a fondo.

—¡Je, je, je! ¡Por favor, ayúdenme! —dijo el hombrecillo.

Mercy encontró un caramelo de mantequilla.

Y se lo comió.

Estaba tan dulce.

Tan sabroso.

Tan, tan, mantequilloso.

Mercy se sentó encima del hombrecillo y siguió masticando.

Se oyó el sonido de una sirena.

—Ay, rayos —dijo el hombrecillo.

Capítulo
14

Los primeros en llegar fueron los bomberos.

—Ya hemos estado en esta casa —dijo el bombero llamado Ned.

—Tienes razón —contestó el otro bombero, llamado Lorenzo—. En esta casa tienen una cerda.

—Y aquí también comimos tostadas —dijo Ned.

—Ahí está la cerda —dijo Lorenzo señalando a Mercy.

—Y está sentada encima de alguien —dijo Ned—. ¡Qué horror!

Ned y Lorenzo se bajaron del camión de bomberos.

Vieron que el Sr. y la Sra. Watson salían corriendo de la casa.

Vieron a Eugenia y a Beba Lincoln salir corriendo de su casa.

—Tenemos un trabajo interesante, ¿no?
—dijo Ned.

—Sí, muy interesante —dijo Lorenzo.

Capítulo
15

El oficial Tomilello estacionó en el número 54 de la avenida Deckawoo.

En el jardín vio a dos bomberos, a tres mujeres en camisón y a un hombre en pijama.

Todos estaban junto a la cerda.

—¿Es la misma cerda que iba manejando el convertible? —se preguntó el oficial.

—Sí, es así —se contestó—. Es exactamente la misma cerda.

El oficial Tomilello entornó los ojos.

—¿Esa cerda está sentada encima de alguien? —se preguntó.

—Eso es lo que parece —se respondió.

—¡Oficial! ¡Oficial! —gritó Beba—. Venga rápido. ¡Mercy atrapó a un ladrón!

El Sr. y la Sra. Watson, Eugenia y Beba Lincoln, Ned y Lorenzo y el oficial Tomilello se quedaron mirando a Mercy.

—¿Usted es un ladrón? —le preguntó
el oficial al hombre que estaba debajo
de la cerda.

—Sí, soy un ladrón —dijo Leroy
Ninker.

—¿Usted entró a robarle a esta gente?
—preguntó el oficial Tomilello.

—Sí, es verdad —contestó Leroy Ninker—. Hasta que esta cerda apareció.

—Caballeros —dijo el oficial Tomilello—. ¿Me ayudarían a levantar a esta cerda?

A la cuenta de tres, Ned, Lorenzo y el oficial Tomilello levantaron a Mercy de encima de Leroy Ninker.

—Queda arrestado —dijo el oficial Tomilello.

—Debería arrestar a esa *cerda* —dijo Eugenia Lincoln.

Leroy Ninker se quedó parado, con
el sombrero de vaquero en la mano.
Se miró los pies.

—Ay, oficial —dijo la Sra. Watson—.
Este ladrón es taaan pequeño. ¿No
debería comer algo antes de ir a prisión?

—Tal vez necesita algunas tostadas
—dijo Ned.

—Con mucha, mucha mantequilla
—añadió Lorenzo.

—¿Tostadas? —dijo el oficial Tomilello—.
¿Quién necesita tostadas?

—¿Cómo? —dijo la Sra. Watson—. *Todos*
necesitamos comer tostadas.

—Incluso los vaqueros —dijo Leroy
Ninker.

Mercy paró las orejas.

¡Tostadas!

¡Mantequilla!

¡Por fin!

Salió corriendo hacia la cocina
de los Watson.

Y los demás la siguieron.

Capítulo
16

$\mathcal{A}$ la mañana siguiente, en la primera página del periódico decía:

CERDA CAPTURA LADRÓN LO INMOVILIZA SENTADA SOBRE ÉL

—Es una maravilla porcina —dijo la Sra. Watson, dueña de la cerda.

—Es un encanto y muy, muy valiente —dijo el Sr. Watson, esposo de la Sra. Watson y orgulloso dueño de la cerda.

—Es una cerda muy traviesa —dijo la vecina de los Watson, Eugenia Lincoln—. Con ella, las cosas no siempre son lo que parecen.

Beba Lincoln, hermana
de Eugenia Lincoln,
declaró: —Las cosas más
interesantes parece que

suceden cuando uno come pastel
antes de dormir.

—Es verdad que la cerda
capturó al ladrón —dijo
el oficial de policía Bert
Tomilello—. ¿Cómo
fue? No sé, pero sucedió.

Los bomberos, Ned
Fortune y Lorenzo Whiz,
también estuvieron
en la escena. Opinan

que la cerda posee algunas "habilidades
sorprendentes".

También dijeron que la Sra. Watson

hace tostadas deliciosas.

Leroy Ninker,
el ladrón, desea
reformarse. Le gustaría
convertirse en vaquero.

La cerda no tenía nada que decir.

Pero parecía muy satisfecha con ella

misma.

Kate DiCamillo, autora reconocida en todo el mundo, ha escrito numerosos libros, entre ellos: *Despereaux* y *Flora y Ulises*, ambos ganadores de la Medalla Newbery. También es la creadora de los seis cuentos acerca de Mercy Watson y de Tales from Deckawoo Drive, una serie inspirada en los vecinos de Mercy. Palabras de la autora acerca de *Mercy Watson contra el delito*: "Felizmente, Mercy se ha convertido en uno de esos fabulosos personajes que sólo están contentos siendo parte de cualquier situación interesante. Yo, simplemente, me dejo llevar por su ejemplo porcino". Kate DiCamillo vive en Minnesota.

Chris Van Dusen es el autor e ilustrador de *The Circus Ship*, *Randy Riley's Really Big Hit*, *Hattie & Hudson* y *King Hugo's Huge Ego*. También ilustró *President Taft Is Stuck in the Bath*, de Mac Barnett, los seis volúmenes de Mercy Watson y la serie sobre los vecinos de Mercy, Tales from Deckawoo Drive. Palabras de Van Dusen acerca de *Mercy Watson contra el delito*: "No sé cómo Kate inventa estos personajes tan llenos de matices, ¡pero estoy agradecido de que así sea, porque mi trabajo es mucho más divertido! Cuando leí que uno de los personajes importantes de la historia era un hombrecito vestido de vaquero que se dedicaba a robar, me reí mucho. Imaginé a Leroy Ninker parecido a una comadreja: con nariz larga y puntiaguda, dientes de conejo, sin mentón y enormes orejas". Chris Van Dusen vive en Maine.

¡*Toda maravilla porcina fue alguna vez una cerdita!*

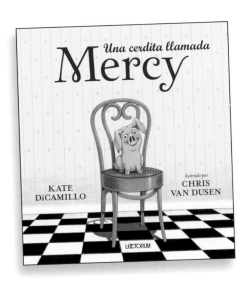

En este álbum ilustrado, una cerdita lleva amor (y caos) a la avenida Deckawoo.

No te pierdas los seis libros de MERCY WATSON

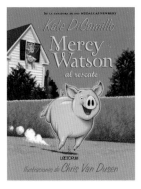

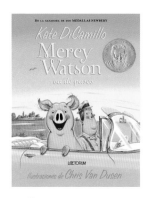

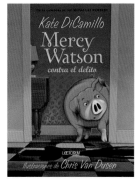

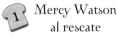

1 Mercy Watson al rescate

2 Mercy Watson va de paseo

3 Mercy Watson contra el delito

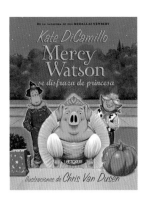

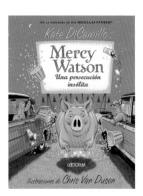

4 Mercy Watson se disfraza de princesa

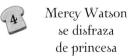

5 Mercy Watson piensa como cerda

6 Mercy Watson: Una persecución insólita